波濤双書

気比の夕凪

松本和子歌集

現代短歌社

目次

気比の夕凪

越前の海

鈍色《にび》の視界にとどろく濤の音越前の海は大寒に入る

冬濤は捨て身のごとく黒ぐろと沖より迫る巌《いはほ》めがけて

龍神の怒りか波濤を逆立てて東尋坊の断崖を打つ

跳ね返す力をためて波消しのブロック海岸《きし》に濤待ち受くる

夜航海

逢ふための言葉を胸にあたためて夫の任地をけふは訪ひゆく

着きてすぐ為すこと紙に書き留むる列車の座席にみかんの匂ふ

夕方のテレビに海難事故を知り夫を案じてひとりの夕餉

昼夜なく海の巡視を続けゐるきびしき任務を負ふ保安官

浮き草の暮らしいつまで続くらむ不安募らす冬の海鳴り

夜航海より戻りし夫が夜の冷えを言ひつつグラスに果実酒をつぐ

暮れ早き部屋にひとりの冬を越す夫を思ひつつ障子張り替ふ

常備薬アイロンかけに洗濯と発つ朝までは妻でありたく

繕へる夫の針目を見てゐたり共に住む日をつよく思ひて

さりげなく駅に別れて合鍵を夫の言葉のごとくあたたむ

春の夕べ

花曇りの空に明日より息子《こ》の通ふ大学の塔高くそびゆる

讃美歌に始まる入学式典をこころ静かに父母席に聞く

下宿より戻りたる息子の点す灯が春の夕べの窓に明るし

遠き息子に父の手術は触れまじと決めて手紙を書き始めたり

自炊する夫に持たさむ山蕗を厨に朝より刻かけて煮る

物置を夫が修繕《なほ》してゐる音にあはせて今宵は胡瓜を刻む

夫の航く海の色ならむ秋鯖を朝の市場に買ひもとめたり

若からぬ夫を任地に残しきて厨に寒く夕風を聞く

入学式

初めてのヒールの靴に馴れぬ娘《こ》は入学式の時刻気にする

明日より自炊する娘の食材を下宿に近き馬町に買ふ

着任を済ませてわれを待つ夫のもとへと急ぐ娘に見送られ

祇園祭のゆかたを送る荷のなかに祖母の手縫ひと一言添へぬ

任地　境港へ

身に重く辞令受けたる夫と来し境港の人の温もり

移りゆきしひとに思ひのゆく朝箪笥の跡の畳に青し

なんとなく良き事のある思ひのす宿舎に聴けり郭公の声

市役所の屋上高く大漁旗のはためき鰯の今日は特売

ふたりの子遠く学ばす暮らしむき労ひくれて給与渡さる

夜なべする夫と明かりを分けあひて手紙を遠く学ぶ子に書く

いつよりか気にかかりたる夫の靴けふは買はむと連れ立ちて出づ

わが家に晴れて

真夜中の電話は緊急出航と険しく告げてすぐさま切れぬ

あわただしく出したる夫の自転車を幾度も揺する雪呼ぶ風は

防寒衣つけたる背中を丸くして自転車漕ぎゆく夫を見送る

敦賀への希望容れられ発つ駅に別れ惜しみてくるる方々

二年《ふたとせ》を任地に在りて留守したるわが家に晴れて荷を運び込む

任地　鳥羽へ

一本の電話に団欒断ち切られ夫より任地は鳥羽と告げらる

北陸になき明るさを恃みつつ夫を任地へ送り出したり

新しき任地を電話に知らせくる発つ時よりも夫は明るく

指をさすあたりが夫の警備する伊良湖水道けぶりつつ見ゆ

遠く来て夫の宿舎に冬支度したるかの日はまだ若かりき

三度目の単身赴任を無事終へて引き上げる夫に手伝ひに来ぬ

荷造りを手伝ふと来て腰痛に襲はるるとは思ひだにせず

引越しの準備の最中の腰痛は夫に大きな負担となりぬ

伊勢路とも今日が最後と揺られゆく電車に春の陽射し差し込む

英虞《あご》湾の照りよき真珠はかなしみの席にもそつと衿もと飾る

補聴器

快方のきざし見えきて病室の窓よりけふは母が手を振る

頼らるる重荷に愚痴の出さうなり電話のむかうの妹たちに

さくらんぼの枝に残つてゐる間小鳥は母を遊ばせくるる

訪ひゆけば厨にものを煮る匂ひ母の快癒をはや疑はず

耳遠き母が水遣り草を取り育てし花ばな競ふがに咲く

如何ならむ夢見てゐるや肉薄き母の耳朶より補聴器外す

老い母を中にして寝るふるさとの夜を澄み透るこほろぎの声

一時間遅き列車の妹に見送られつつふるさとを発つ

両国の花火

東京への異動を告ぐる息子《こ》の声の明るくひびく国際電話に

預かりし息子夫婦の荷を住まふ住所に今朝は送り出したり

衿のくりもし広ければ直します母の日嫁よりサマーセーター届く

東京のはじめてなれば息子嫁娘《こ》までが駅に来てくれてをり

これもまた心づくしと思ひたり新居の窓より見ゆる花火は

テレビ中継してゐる画面そのままの花火が上がる両国の空に

「おかあさん」と呼ぶことにまだ慣れてゐぬ嫁の手料理何ともうれしく

離船式

職場去る日は駈け足に近づきて子らより夫の様子問ひくる

海上保安官としての最後の離船式如何にあらむか夫を見送る

送別会の花束夫より改めて手渡されたりご苦労様と

制服のすべてを返納《かへ》し一組の白き手袋のみが残りぬ

李承晩ラインの警備に帰らぬ父の顔忘れ幼なは後ずさりせし

豪雪に夫の帰港のままならず足震へつつ屋根雪下ろしき

職退きし後も時計を付けて寝る夫の勤務に昼夜はなくて

紫陽花に雨の降る朝刻かけて夫は碁石の湿りを拭ふ

あぢさゐのいろの移ろひ見つつきて今朝は紫紺に鋏を入るる

封じ手に対局明日に持ち越され夫はすげなくテレビを消しぬ

北海道の旅

定年の夫とはじめてゆく旅は北海道と決めてをりたり

船酔ひの少し残れる足取りに夜明けの小樽埠頭に立ちぬ

吹き竿の先より膨らむガラス玉意志持つごとくグラスに変はる

吹き竿と吹き手の勝負青年の眼鋭く一点視つむ

夕顔のやうにやさしくガス灯の点りゆきたり運河に沿ひて

手づくりの花壇に矢車草の咲き青柳町の真昼しづけし

古きもの守らむとする人びとの街にチンチン電車の動く

知床

幹太く無限なる葉をそよがせて北の大地にポプラは立てり

断崖を激しく落つる滝の水オホーツク海の藍と交はる

知床をめぐれる船に海猫の群れきてパン切れ瞬に持ち去る

原生花園に吹く風さむくはまなすのちらほら咲きゐてくれなゐを見す

なごやかにアイヌ語講座の開かれてバスは根釧原野を走る

みどりご

身籠りし妻をいたはる息子の声が海を距てて受話器に届く

初孫の泣き声受話器を伝ひくる長く待ちゐし声と聞きたり

カナダより遥ばるときて夢でなくこの手に女孫を抱かせくれたり

その母を目に追ひつつも泣きもせず初めて見たるわれに抱かるる

湯の宿に孫と一緒に過ごしたる夜を忘れまじ窓に雪降る

発車まで抱きゐしみどりご体温を残してゆけり遠くカナダへ

願はくば孫の小さきてのひらに載せてやりたしたんぽぽの花

間違へられて

敦賀発のローカル線に揺られゆく老いたる父と母に会ふため

若狭路はふるさとへゆく通り道車窓に藍の海がきらめく

補聴器も役にはたたぬものとなり嘆かず花を慈しむ母

痴呆とは言へどせつなし同じ名の従妹と今日は間違へられて

こころでは繫がりてゐるそれのみを信じて母と別れてきたり

別れ来し父母への思ひ鎮めつつ厨に夕餉の支度を始む

病葉をしぐれのたたく夜半を覚め父を案ずる亡母の声聞く

母の日に母を語れる妹のありて電話にすこやかな声

人魚姫

両親を遠く帰して気丈にも幼は一週間わが家に過ごす

その母に代はりて毎夜『人魚姫』話してきかす幼《こ》の眠るまで

目の覚めぬ幼をラジオ体操と自転車に乗せ広場に急ぐ

小さき手に広げらたるトランプにひそめるジョーカーをわれは引かさる

教はりし鶴のくちばし尖らぬと泣きつつ鶴折るありす四歳

折り紙の好きな幼な子ミニばらをいつぱい咲かせて帰りゆきたり

幼なとの一週間は宝物赤き塗り箸食卓になく

父との時間

縁側の椅子にさくらを観てをりき母亡き後を父はひとりに

父の杖車のなかに預かりて時代祭に混む京都ゆく

訪ね来ていまにも歩き出しさうな父の靴あり希望をつなぐ

こんもりと雪積もるごと咲くつつじベッドを上げて父に見せやる

いちご飴ひとつ含みて笑み見する父との時間を大切にせむ

老い父に辛き事とは知りながら二、三歩あゆませりベッドより起こして

弟の家に夜を聴く九十四年生きゐる父のほそき気息を

店に見て購ひくれたる腕時計護符のごともつ形見となりて

壁際に動かず冬を越さむとするこほろぎ最期の父に重なる

西福寺の鐘はゆつくり鳴り初めて父を亡くしし年の過ぎゆく

医師は険しく

救急車拒みて明け方まで待つと譲らぬ夫のそばに付き添ふ

手術前の胆管検査に急変を知らせる医師の言葉険しく

医師の言葉そのまま息子に告げたれば夜通し高速走らせ来たり

付き添ひて夜を明かしたる病室に持ちくれし嫁の味噌汁旨し

腹帯を解きて看護師は絹ごしの豆腐に触るるやうに処置なす

大部屋に食事摂れぬは夫ひとりボリュームさげてテレビ観てをり

やうやくに腹帯とれて傷跡を指に触れさせて夫は明るし

小さきいのち

一途なる願ひは神に届きたり四十歳にして娘は身籠りぬ

流産の危機乗り越えて枕辺に「たまごクラブ」の本を娘は置く

小さきいのち娘は病院に護りきてやうやくに戌の日を迎へたり

みどりごの毛糸の帽子にあますなく娘は秋の陽も編み込みてゆく

出産は菜の花の咲く頃と聞きひたに待たるる雪溶けの日が

腕白でよい

みどりごのふとんに並べて娘の布団敷きて退院してくるを待つ

祖母われの腕のなかにみどりごは体預けて無心にねむる

春の陽の匂ふむつきはふんはりと白く嵩なす小さく畳めば

男の子ゆゑ腕白でよいみどりごの背の蒙古斑あさの陽に浮く

満ち足りて眠れる幼なの写真《うつしゑ》が尖れるこころをまあるく包む

おもちゃ箱

原発も核の恐怖も知らぬ児は無心に眠る母に抱かれて

眠るまで握りてゐたるミニカーに日向のやうな体温残る

幼な子の帰りしゆふべゼンマイのほどける音するおもちゃ箱より

流産をか細く告げたる娘のこゑが枯葉の音に蘇りたり

前向きに手術に臨むと言ひつつも電話に声を詰まらせる娘は

麻酔効きて眠れる頃か公園に落葉拾はせ児を遊ばする

遠く病む娘は携帯電話《けいたい》に映る児に力を貰ひて戦ひてゐむ

三輪車

公園の遊具のらくだ膝を折り児らに乗りよき姿勢を保つ

孫の世話出来るしあはせ喜べず娘の入院は長引くといふ

歯磨きに手洗ひ大きなお返事も母との約束まもる幼なは

アンパンマンの顔して来たり入院の母を見舞ひし児は翌朝に

三輪車の児に付きつきりと嬉しげに娘はいふ日焼けしたる腕見せ

幼な子はフランスパンを抱ききてからだ預けるやうに差し出す

芝草の上の枯葉をさらひゆく夕風立ちて児を呼びもどす

春　山つつじ

山椒の芽立ちうながす糠雨を耳澄まし聴く針を休めて

雪の文字消えて四月の歌会は花の幾首のありて始まる

売り声の遠ざかりゆき春雨の音しとしとと耳に戻り来

手の届くあたりに咲ける山つつじ一分停車の窓辺に揺るる

朝市に媼のわらび二把を買ひふるさとの春を抱きて帰る

隙間なく花をつけたる金雀枝《えにしだ》がゴッホの黄色になる昼さがり

どうだんの千の鈴ふる音聞こゆ頬にやさしき朝《あした》の風に

だいこんの花

裏庭の木の芽につくる木の芽味噌眠れる五感が一気に目覚む

眼にやはきみどり映してひつじらは毛を刈らるる順おとなしく待つ

コンバインに刈り取る麦のこがね色日焼けの農夫をなほ輝かす

一瞬を矢のごとゆける燕《つばくら》は風となりしや野ばらの匂ふ

山型に刈り込まれたる木犀の新芽揺らしゆく風のまあるく

春闌けてだいこんの花しろじろと割烹着姿の母のまぼろし

遠景をけぶらせ細く降るあめに藍を濃くする矢車草《やぐるま》の花

夏　空木の花

父の死期のちかき夢より目覚めたる朝の空木の花の白さよ

悲しみに繋がる空木のしろき花しみじみ白し朝のひかりに

周五郎の下町見えてくるやうな菖蒲咲きたり江戸むらさきに

夜明けまで付き合ふつもりに聴きてゐる紫陽花を打つ雨のつぶやき

祖母《おほはは》も在せし頃の電灯の明かりの色に枇杷の実熟るる

日日草

どのやうな力がひそみてゐるならむ夏を咲きつぐ日日草に

つば広の帽子に陽射しが突き刺さる忘れものして引き返す道に

丈ばかり伸ばして小顔の向日葵が塀よりキリンのやうに覗けり

パラソルの影を踏みつつ道をゆく暑中見舞のはがきを出さむと

まんまるの火種ぽとりと闇に落ち線香花火のつぶやき終はる

芙蓉一輪うす紅いろに描かるるはがきの余白を白き風吹く

車窓より一瞬鋭く袈裟懸けの陽光射しきて心は決まる

落武者の事切れしごと向日葵は晩夏の庭に捨てられてあり

秋　野の秋

花束の中に数本吾亦紅ありて野の秋ひそかに運ばれきたる

いつまでも続く残暑に耐へきたる瓦を濡らす中秋の月

お披露目の日も近くなり信玄は菊の鎧をつけゐる頃か

花びらの先の先まで気を抜かず咲きたる菊の賞にかがやく

里山を恋ひつつ鳴く日のあらざるやすすきの梟買はれてゆけり

娘の里のせせらぎの音よみがへり厨に新米さらさら洗ふ

しぐれ来てあかり灯せば富有柿の夕焼け色が籠をはみ出す

夜半のしぐれ

紫苑咲くむかうに園児の高き声球ころがしの球二つゆく

どうだんは一葉残らず燃え尽きぬ庭に花火を為ししがやうに

折からの時雨は風をともなひて収穫終はりし田畑を濡らす

大群の先導役を引き受くる鳥の重荷は如何程ならむ

軒を打つ夜半の時雨の耳につきひつじの数は八十を越す

冬　冬の海鳴り

凜と立つ太き葉葱のふくらみに刃を入れ朝の寒気を逃す

松林越えくる冬の海鳴りをさびしき音の一つに数ふ

橋脚の近くに冬の風を避け海鳥白きかたまりをなす

葉ぼたんのフリルの隙間すきまにも日差し届きて洗濯日和

ゆふやみを溶かして白く輝ける千枚漬けにと切られたる蕪

母の手

ぼたん雪もののけだちて降り続き除雪車は夜明けを待てざらむ

除雪車の進む速度に夜を込めて降りたる雪の嵩推しはかる

腰までの雪を搔きゐる手を伸ばし配達員より新聞受くる

母の手はいつも何かをしてゐたり冬はほのかに柚子匂はせて

外は雪　りんごのうさぎの赤き耳跳ねてもいいよと尖らせてやる

二十一首すべての歌評終へ視線移せば雪のやはらかに降る

四首まで冬の詠草書き送る切手にすみれの絵柄を選び

カナダに学ぶ

親の元離れて己が生まれたるカナダに学ぶと少女言ひ切る

先のこと心配するより入学をよろこぶ少女に未来を託さむ

あかときの庭に吐く息ほのしろくトロントの冬さぞ寒からむ

ブレザーの制服似合ふ十二歳トロントに撮りしと送りくれたり

花の精になりきりバレエ踊る少女《こ》の指しなやかに表情持ちて

バレリーナの顔に創られ軽やかに異国の少女と舞台に踊る

連日の猛暑を家族は承知して帰国するとふ知らせ受けたり

長き髪を一つにまとめ浴衣着る今宵の少女に夕顔おもふ

黒塗りの下駄は少女の母のもの白地のゆかたをすつきりと着る

磯釣りのバケツに鱚と小魚を泳がせ厨に少女《こ》は見せにくる

同期会

八回を数ふる夫の同期会今年の博多が最後か知れず

衣着せぬ男同士の遣り取りを羨しく聞けり席を挟みて

会ふたびに親しくなりたる同伴の妻らと会の成りゆき見守る

補聴器の不具合言ひて右の耳かしげ聞き入る夫をさびしむ

最上階に席を移して夜景観る砂子のごときらめける街

新造船「えちぜん」披露目の日となりて甲板《デッキ》に靡く日の丸の旗

巡視船降りて久しき夫なれど急なタラップ軽がろ登る

ズボン丈詰めつつ夫の背負《お》ひきたるものを思ひぬ少なからずと

車椅子

両の手の痛みに意識もどりたり　自転車の前輪が車に触れたらむ

生かされていま在る生命のいとほしも温き涙の溢れて止まず

加害者も二人暮らしの七十代話を聞けば許すほかなく

段差ある狭き廊下に車椅子ぶつけし傷跡眼に痛いたし

先様に読んでもらへる文字《じ》が書けるまでになりたり今日の喜び

しつかりと腰に付けたるコルセット危ふき心も支へてくれむ

流し台に近きわが席空け渡し夫の給仕を受けていただく

見苦しき姿態にシャワー浴びゐるを鏡にさらすことにも慣れし

窮屈なギプスに今日まで強ひらせし右足湯船に放ちてやりぬ

怪我を負ふわれの介護を引き受けて夫の疲労の日々に濃くなる

みづからを励ますことにも疲れたる夕べ聞こゆるかなかなの声

押しつけでなきやさしさに包まれて受話器置きたり元気出さねば

目覚むればすぐに手にとるコルセット冷え伝へくる霜月の朝

原子炉

手付かずの瓦礫の山のつづくのみ原発事故後の町の不気味さ

原発の事故の終息果てしなく賽の河原に石積むごとし

龍神をも恐れぬ構へ厳冬の海鳴り浴ぶる敦賀原子炉

原子炉の真下に断層あるやなし意見分かれしままに年越す

わが街のくらしに根付く原発の運転反対容易ではなく

原発の散らばる若狭湾沿ひに波にゆらげる小舟のありぬ

美しき海岸沿ひにも四季ありて夏は海水浴に賑はふ

年賀状

「事始め」のしきたり確とありしかなはたき打つ音墨する匂ひ

宝島に辿り着けないサイコロの目が児をだんだんと不機嫌にする

「藤田」の藤なんとか字にして六歳のくれたる賀状に成長の跡

年ごとに面輪うするるひとなれど賀状に結ばれ年あらたまる

次つぎと読みゆく賀状に今年より君の名の無くさみしくなれり

画面より力士の髷のかぐはしき鬢付け油のにほふ初場所

夜を通し降りたる雪に洋館の屋根の傾斜のゆるやかに見ゆ

南天の房垂れ花瓶の口狭く耳澄ましつつ水を注ぎたり

対岸への橋をかくして雪深しふたりに見てもさびしき景色

間違ひの電話すらなくテレビより笑ひもらひて雪の日暮るる

古稀過ぎてもの縫ふ事も稀になり色糸少なくなりし針箱

一年生

満開の桜に祝ひてほしかりき孫の入学写真見てゐて

入学式の写真の孫に声かけぬ「山椒は小粒頑張りなさい」

標準に届かぬ孫の身長を夫は測りて柱に記す

将来は昆虫学者と決めてゐて本を抱へて訪ねてきたり

音のなき花火の切れ切れ観てゐたり癒えたる孫と二階の窓より

記念日

五十年共に歩みて記念日をわが手料理と花にて祝ふ

貧しくとも若さのありし二十代子を産み育てる目標ありき

ふたりの子のもたらす悲喜を共にして夫と歩むも賜物ならむ

入りてはならぬ領域狭くなりクイズの難問ふたりして解く

息子《こ》のペースに合せゐるうちに酒の酔ひまはりて夫は船漕ぎはじむ

わが事をわが為にして一日暮れ旅の宿より聞く夫の声

テーブルに広げられたる土産もの夫の旅行のコースをたどる

ウオーキングコースの鴨を見て帰る夫への言葉を用意して待つ

けふの浮雲

新聞に小さく載りたる現場らし路肩に嵩なす白百合の花

斎場を放たれ帰りそびれたる鳩かとおもふけふの浮雲

『老い支度』読みたる後もまだ処分出来ずに残す記念のスーツ

冬の陽にやさしくされて涙ぐむそんな齢は手の届く距離

プレゼントされたるストールわが背中に眠れるかの日の子の温かさ

灯を消しし厨にひそむは風の子かくるりくるくる換気扇まはる

巻きのよき方より買はれてゆくらしくキャベツの山の裾野広がる

人のこころ

客寄せのたまごをレジに買ふ人の多くは戦後の貧しさ知らず

新聞紙に鶏卵《たまご》くるみてゐし頃に戻らぬものか人のこころも

人間の酷き行為とさびしみて夕べ目刺しを串より外す

抽き出しに無為な時間を刻みたる時計の電池交換にゆく

ゆるびたるネジクギ確と締め直すわが関節の一部のやうに

ひたすらといふ言葉ありマスターはただひたすらにグラスを磨く

雨が止み置きてゆかれし忘れ傘派遣社員の身の上に似て

老け役の女優はいつしらよき皺を刻みて渋き演技を見する

卒業式

半袖の制服姿の卒業式教会のマイクは娘の声拾ふ

トロントに六年学びて卒業の証書いただく娘の顔しまる

留学に発たせし親の気苦労を今更ながらおもふ佳き日に

学業とバレエの両立トロントに為したる娘の頑張り讃ふ

あかまんま

あかまんまの素朴なる赤　野にありてこそと摘むなくその場立ち去る

木漏れ日を揺らし通学路の坂を生徒らつづく立ち漕ぎをして

涼やかに張りある声に『十三夜』朗読《よ》みし藤村志保おもふ夜

スポンジの泡に隈なく洗はれて湯船は秋のひかりを満たす

薄墨の空の何処に鳴る雷か萩を捕らへて風の揺さぶる

三度四度警笛鳴らしつつゆける電車は車窓を靄にくもらせ

日の暮れを急ぐ釣り人河口より去りて一気に風冷えてきぬ

時雨くせつきたる夜更け雪吊りを急かせる雷の繰り返し鳴る

年の瀬の焼却炉より出るけむり低く固まる雲を押し上ぐ

松笠も木の実も子らの手によりて飾られツリーの傍に華やぐ

潮のかをり

水仙の香り攫ひてゆく風に雪まじりきて視界を奪ふ

越前の荒磯《ありそ》に咲ける波のはな白く泡立ち波間に揉まる

手甲あかく絣の装ひつつましく今年の水仙娘が決まる

集落の媼は冬の生業に崖の斜面の水仙を切る

ふるさとの潮のかをりよ牡蠣貝の殻に切れたる指先からも

紙ひかうき

春耕の畑に鷺の舞ひ降りぬ紙ひかうきのやうな軽さに

生垣の赤芽柏の燃え立ちて母は山菜煮て待ちくれき

葉桜の蔭うすくさす広縁に薬効きしか眠る弟

介助されきたる弟ゆつくりと母の回忌の席に着きたり

鶸《ひは》いろの法衣は春の風に揺れ母への経をありがたく聞く

新居

帰国後の新居に見ゆる富士山が今日は見えぬと残念がりぬ

子の家にいま評判とふ食パンを食みつつおもふは朝餉の夫

果物を盛る皿のむき嫁は替へ桃をすすむる歯にやさしきと

陰干しのなかに少女のランジェリー風に回転《ターン》を教はりゐるや

包装紙解きて一足早く娘は入学式のスーツ着て見す

夏休みのキャンパスをこの春入学の娘とゆく小径に夕風わたる

帰路に着く車窓に夏の富士の山濃き輪郭を裾野まで引く

絵日記

梅雨晴れの庭のみどりを映す窓全身つかひて隈なく磨く

カラー咲きてその立ち姿百済観音《くわんおん》に重なり大和に初夏の訪れ

一列に自転車漕ぎゆく女生徒の朝のあいさつ輪唱となる

すぐそこに見えつつ遠き雲の峰二階の窓に崩さむと拭く

絵日記をかく子に庭の朝顔は日ごとに花の数増やしくる

三コースの孫が一着決むるまで力いつぱい声援送る

自由形を得意とする子が自己記録縮めてプールに一着決むる

大会の子を撮りビデオをその父は仕事の帰りに持ち来てくれぬ

夕日のやうな

匂ひなきトマトをサラダに飾りゐて畑に食みしかの夏おもふ

めがね屋の帰りに立ち寄り買ひきたり夕日のやうな輝くトマトを

月光をピアノに弾きたる娘の指が夕餉のサラダのレタスをちぎる

冷蔵庫のケースに卵は移されてパックに十個の抜け殻残す

先端はまさに鋭き鷹の爪きんぴら牛蒡にピリリと効かす

童話の少女

人を見ても吠えなくなりし番犬が眼細めて日溜りにゐる

少しだけ刻を戻せる風ありて童話の少女とふたたび出会ふ

次つぎと更地に家の建ちだして風の遊び場またひとつ減る

通院の道のしづけきひとところ桜花の盛りに墓地の明るむ

花びらを散らせし後を桜木は濃き蔭つくりて瞑想してゐむ

マウンドに長身撓らせ放ちたるボールは真夏の陽を裂き走る

隣家の豆柴犬《まめしば》けさも来客に可愛ゆくしつぽを振りてゐるらし

黒衣のごとく

逃げ足の速き糸巻き行き先を見届けしあと遊ばせておく

自販機の裏に黒衣のごとくゐて缶を次々補充してゆく

軒下に張れる蜘蛛の巣見習ひてレースのほころび見目よくかがる

手際よく着物の着付けするごときギフトの包装見て受け取りぬ

見つからず探してゐたる語彙に合ひ罠よりするりと抜けたる気分

ワインのグラス

みどり児のあたまを洗ひてゐるやうにほんのり紅さす桃の皮むく

サーカスのジンタの聞こえてきさうなり夕日眩しき駅裏の道

「会いたいね」決まり文句に終はらせず四人が出会ひぬ春の京都に

舞妓さん二人が改札済ますまで束の間人の流れが止まる

目印のサインポールのまはらぬ日訪ひくるひとを道に出て待つ

年齢《とし》のせゐにすれば気楽になるならむ真新しき傘駅に忘れて

三面に映るふすま絵の花を一つに寄せて鏡を閉ぢぬ

翳りなきものはさびしげ照明に貴婦人のごときワインのグラス

メリヤス編み

秋色のめぐりとなりて外出《そとで》する明日の着る服を決めかねてゐる

思ひがけぬ出会ひなどなく父母の墓参すませてはやばやと発つ

花の名をオウム返しに問ひ返す児とその祖母に木犀匂ふ

いつも居るひとが向ひにゐぬ夕餉たまごの黄色にこころ明るむ

紅葉の見頃を家に夫とゐてメリヤス編みのやうな日過ごす

木枯らしの残してゆきしすすきの穂わが掌に小さく収まりて　冬

積雪への整備怠りなく済ませ線路に除雪車は出動を待つ

鈍いろの空

次つぎとバスを降りゆき初春の花も座席に背丈を伸ばす

溢れたる灯油しんしんしんしん降る雪の匂ひを消して夜になりたり

外出を昨日にすませ温かき部屋に歌集を読む昼下がり

鈍いろの空を映してゐるやうな筆洗の水取り替へに立つ

玄関を塞ぎてゐたる大型車去りてめぐりはしろがねの雪

握りはさみ

きららかに縫ひ針指に輝きて亡母と交信出来さうな午後

母の掌に握りはさみは隠れゐて付けたる鈴の音やさしかりしよ

色褪せぬ藍のゆかたに亡き母の健やかなる日の針の目揃ふ

温かきココアのやうに安らげるメリヤス編みを十段増やさむ

ガーター編み続けてをれば波頭不意に向き変へ　われに押し寄す

積雪を記して仕舞ふ夜のしじま松原越えて海鳴り聞こゆ

冷えしるき日暮れを鰆焼くけむり雪巻き上ぐる風の持ち去る

所在なく窓見てをれば懐かしきひとのまぼろし雪の連れくる

春の訪れ

瞬にして軒先に雪すべり落ち春のひかりを四方に散らす

雪雲の切れ間を裂きて一条の斜光まつすぐ胸元に来る

拭きむらのガラスに午後の日が延びて真白き雲の一隅汚す

雪のはな消えたる後もきららかに光る雫をコートに残す

冬景色映してきたる窓の辺に雛《ひひな》飾られ春の訪れ

障子にも春のひかりの溶け込みてあるかなきかの淡きくれなゐ

虫たちの目覚め促す日のひかり花なき庭にさんさんと降る

春の気配濃くなりてきて外灯を点す時刻を少し遅らす

同窓会

ふるさとを離れて長き年月に力くれたる海を見て佇つ

思ひ出に繋がる一つ校庭の隅の藤棚いまはもうなく

遠路よりご苦労さまと労はれ同窓会の受付済ます

二部合唱に「花」を唱ひし友垣の急なる欠席さみしく聞きぬ

商売のきびしき今を友は来て同窓会にふと見す笑みを

健康が勲章になる年齢《とし》となり舞台に詩舞を披露する友

五年後の傘寿の出席危ふしと笑へぬ冗句の聞こえてきたり

同窓会果てて車窓に浮かびくる傘寿を約して別れ来し友

冬の風響《な》る

舞鶴市あげて引揚船を待ちし日よラジオに「異国の丘」流れゐて

引揚船の着きしその夜を慰問して拍手もらひしセリフ忘れず

木造の広間の畳に児童劇疲れも見せず観てくだされし

明日発つる人等の中に待つひとの在らぬ悲しみ思ひみざりき

捕虜といふかなしみ味はひ尽くしきて辿り着きたりこの桟橋に

極寒の地にて果てたる人のこと忘れてならずと語り部君は

引揚者六十六万余を数ふ如何なる思ひで踏みしや祖国を

祖国の地なんとしてでも踏まむとぞ　踏めずに還りし遺骨一万六千柱

息子の帰還ひたすら願ふ母の愛唄ひ継がれる「岸壁の母」

シベリアに果てて眠れる英霊の声か画面に冬の風響る

りんごの唄

終戦のサイレン直立して聞ける鉄砲百合のひとしほの白

終戦の日は小学一年生エプロンとりて黙禱捧ぐ

運命と受け入れて来し遺族らの言葉の力に胸を打たれぬ

復興を後押ししたる応援歌「りんごの唄」に引き戻さるる

「りんごの唄」並木路子でなき歌手が唱ひて昭和をまた遠くする

白紙《しらかみ》一枚さへも貴重なる戦後「もつたいない」を言はれて育ちぬ

甘い甘いと飴は書かれて売られをり砂糖がたやすく手に入らなく

復興に汗を流しし人びとは憲法改正を如何にか思はむ

言葉の積み木

風雪に耐へ来し松はそれぞれの形を見する気比の松原

遠き日の子守唄かとくれなづむ春の海辺のさざ波を聴く

ゆるやかに春の暮色に染まりゆき白砂をあらふ気比の夕凪

鶴首の壺に閉ぢ込められつつも水は一輪の花輝かす

目の前に止まりてふゆの蚊は逃げずながらへきたるいのち差し出す

積んでみて崩す作業を繰り返す言葉の積み木を苦とは思はず

一丁の豆腐を使ひ切る今朝のよろこび量るごとく掌にのす

後戻り出来ぬ月日のそこにあり古き新聞一つにまとむ

得たるもの失くしたるものあるならむ記憶に残らぬ日の有り難し

先をゆく夫の背中を見つつゆく老いの坂道ゆるゆるつづけ

あとがき

この度第一歌集「気比の夕凪」を出版する運びとなりました。

今少しの間、精進してからでも遅くはないと何度も思いましたが、夫や私の年齢また健康面等を考えますと、今を置いて外にないと思いはじめ一歩を踏み出す決心を致しました。

私と短歌との出会いは、娘が中学三年生の時学校から一枚のプリントを持って帰ってきてくれたことに始まります。ＰＴＡの文化活動として短歌教室があり今年度の参加者を募るものでした。その紙切れ一枚を見なければ、私と短歌との出会いは永久にかなわなかったであろうと思っています。その時の講師が「形成」の敦賀支部長川島由松氏でした。短歌とは全く無縁の私達は一から教わりましたが、もののわずか半年余りであっけなく教室の終了になるのを惜しむ声が出て短歌の会「馬酔木」が発足しました。

娘が敦賀高校に入学に決まった四月、夫に転勤の辞令が下りましたが、県内であることから夫には申し訳なかったのですが単身赴任をしてもらいました。息子は自宅を離れ大学生活をしていましたので、時間にも余裕があり会の仲間と小冊子の発行を手伝ったり、県の文学コンクールにも応募するなどした三年間でした。

娘が短期大学部の入学を待っていたかの様に夫は鳥取県境港市への異動になり敦賀を離れました。転勤によってやむなく短歌を中断した私に川島氏は「形成」へ入会を勧めてくださいました。今後誰にも頼られない心細さはありましたが、真新しい形成誌を見た時喜びに変わっていました。幸いにも敦賀の勤務になったのを機に二年振りにわが家に戻りました。そこで「馬酔木」の解散を聞きました。信じられませんでした。ひとりでやって来たのだから今まで通りやってゆけばよいのだと自分に納得させました。やがて私の身辺も息子娘の結婚や年老いた両親の事で忙しくなって来ました。

突然「形成」が終刊になる事態に驚きましたが、それから間もなく「波濤」として新しく会を立ち上げてくださいました。

あれから十年も経ったでしょうか。波濤の大先輩　谷喜代子様にお願いして発足した「波濤敦賀あいの会」の会員に加えてもらいました。思えば長い長い道程でした。現在会員は五人ですが忌憚なく歌評を言い合える仲間が居てとても幸せです。それと谷様がいらっしゃるそれだけで歌会は引き締まり、熱のこもった御指導によって今日の私があると思っています。

顧みますと、ここまで何とか辿り着くことが出来たのも黙って夫が見守ってくれていたそれに尽きます。それと息子娘家族がいつも寄り添ってくれたからだと思います。

この度の歌集の出版に際しまして、中島やよひ様にはご多忙の中時間をかけて右も左もわからぬ私に懇切丁寧に愛情を持って接してくださいました。ほんとうに有難うございました。

現代短歌社社長道具武志様、今泉洋子様はじめスタッフの方々大変お世話になりました。心より御礼申し上げます。

平成二十七年八月二日

松本和子

略　歴

松本和子

昭和13年８月　京都府舞鶴市に生まれる
昭和53年　　　ＰＴＡ短歌教室を経て
昭和54年　　　敦賀「馬酔木」短歌会に参加
昭和58年１月　「形成」に入会
平成６年１月　「形成」の終刊を経て
　　　　　　　「波濤」に入会

歌集 気比《けひ》の夕凪《ゆふなぎ》　波濤双書

平成27年10月21日　発行

著　者　松　本　和　子
〒914-0821 福井県敦賀市松島130-207-2
発行人　道　具　武　志
印　刷　㈱キャップス
発行所　**現代短歌社**

〒113-0033 東京都文京区本郷1-35-26
振替口座　00160-5-290969
電　　話　03（5804）7100

定価2500円（本体2315円＋税）
ISBN978-4-86534-126-3 C0092 ¥2315E